AF356004

VENTE DU MARDI 31 MARS 1896, A 2 HEURES
HOTEL DROUOT, SALLE N° 7

BEAUX DESSINS

PASTELS, AQUARELLES

ET

TABLEAUX

Anciens et modernes

PAR

BERNIN, BOUCHER, CARESME, A. CARRACHE, CASANOVA,
CORRÈGE, COSWAY, CH. COYPEL. J. L. DAVID,
DANIEL DE VOLTERRE, DECAMPS, DOMINIQUIN, K. DUJARDIN,
A. VAN DYCK, FRAGONARD, FREUDBERG, GAVARNI, GOLTZIUS.
GUIDO RENI, J. HOLBEIN, HUET, ISABEY, CH. JACQUE,
JOUVENET, N. LARGILLIÈRE, LIOTARD, C. LORRAIN,
VAN DER MEULEN, MICHEL ANGE BUONAROTTI,
MONGIN, L. MOREAU, MURILLO, J. PARROCEL, PRUDHON.
H. ROBERT, G. SAINT-AUBIN, SICARDI, TASSAERT,
D. TIEPOLO, LE TITIEN, ANT. WATTEAU,

Estampes anciennes en noir et en couleurs

COMMISSAIRE-PRISEUR	PEINTRE EXPERT
Mᵉ G. DUCHESNE	**M. G. SORTAIS**
6, Rue de Hanovre	4, Rue Mogador

EXPOSITION PUBLIQUE

Le Lundi 30 Mars 1896

De 1 h. 1/2 à 5 h. 1/2

IMPRIMERIE ARTISTIQUE

E. MÉNARD & C

Bureaux et Ateliers : Paris — 8, Rue Milton

CONDITIONS DE LA VENTE

La vente sera faite *expressément* au comptant.

Les acquéreurs payeront en sus des adjudications *cinq pour cent.*

L'exposition mettant le public à même de se rendre compte de l'état des objets, il ne sera admis aucune réclamation une fois l'adjudication prononcée.

PASTELS, AQUARELLES, GOUACHES ET DESSINS

1 — BAUDOUIN. Les filles de Loth. Gouache.

2 — BAUDOUIN (D'après). Nanette et Lubin. Gouache.

3 — BÉRICOURT. La leçon de géographie, scène d'intérieur Louis XVI. Aquarelle.

4 — BERNIN (DE). Allégorie. Projet d'un plafond. Sépia.

5 — BERNIN (DE). Allégorie. Projet d'un plafond Sépia.

6 — BOUCHER (Attribué à F.). Bacchanale d'amours. Grisaille.

7 — BOUCHER (Attribué à F.). Baigneuse. Sanguine.

8 — BOUCHER (F.). Enfant couché la tête renversée. Sanguine.

9 — BOUCHER (F.). L'Enfant prodigue. Projet de décoration grisaille.

10 — BOUCHER (F.). Moïse sauvé des eaux. Projet de décoration grisaille.

11 — CARESME. Nymphes et Amours. Sépia brûlée.

12 — CARRACHE (A.). Massacre des Innocents. Sépia.

13 — CASANOVA. Convoi de troupes au bord de l'eau.

14 — CASANOVA. Combat de Turcs. Sépia.

15 — COGNIET (L.). Académie de femme. Aux deux crayons.

16 — CORRÈGE (Allégri dit le). Jésus au milieu des Docteurs. Important dessin aux crayons noir et blanc.

17 — CORRÉGE (Alllégri dit le). Tête inclinée. Crayons noir et blanc.

18 — COSWAY (Lady). L'heure du Rendez-vous. Gouache esquisse.

19 — COYPEL (Ch.). Jésus guérissant les malades.

20 — COYPEL (Ch.). Tête de femme vue de trois quarts. Aux trois crayons.

21 — DAVID (J. L.). Saint Augustin. Sépia.

22 — Daniel de VOLTERRE. Assomption. Bistre.

23 — DECAMPS. Le Singe et la Tortue. Sépia.

24 — DECAMPS. Vue d'Orient, ruines. Sépia.

25 — DEBUCOURT (Genre de). Jeunes femmes ramassant des fleurs. Gouache.

26 — DELACROIX (E.). Découverte du cadavre de Charles le Téméraire. Sépia.

27 — DELAROCHE (P.). Tête d'homme et tête de femme.

28 — DELARUE. L'Épreuve du feu. Sépia brûlée.

29 — DESRAIS. Les Envoyés. Épisode des guerres d'Espagne.

3o — DOMINIQUIN (Le). Allégorie. Plume.

31 — DU JARDIN KAREL. Un marché en Italie. beau et important dessin à la sépia.

32 — DUPLESSIS (Attribué à). Incendie d'une ville. Sépia.

33 — DYCK (Ant. Van). Portrait d'un jeune garçon en pourpoint, accoudé, sépia.

34 — FRAGONARD. Ronde d'amours. Sépia brûlée.

35 — FRAGONARD (Fils). Jeune femme évanouie aux bords de la mer. Sépia.

36 — FRAGONARD. Tête d'homme. Étude.

37 — FREUDBERG. Convoi se rendant au marché.

38 — FREUDBERG. Dessin.

39 — GAVARNI (Attribué à). Festin de Carnaval. Importante aquarelle non terminée.

40 — GAVARNI. Ah! qu'on sue ce soir, nom d'un petit bonhomme. Gouache.

41 — GOLTZIUS. Parabole. Sépia brûlée.

42 — GOLTZIUS. Enlèvement des Nymphes par les Centaures.

43 — GHYS (Const.). Un attelage et grisettes attablées. Crayon.

44 — GHYS (Const.). La Promenade, attelage à un cheval. Aquarelle.

45 — GHYS (Const.). La Promenade au bois, attelage à deux. Aquarelle.

46 — GUARDI. Ville au bord de l'eau. Sépia.

47 — GUIDO RENI. Plusieurs têtes groupées. Sépia.

48 — HERVIER. Vue de Poissy. Aquarelle.

49 — HOLBEIN (J.). Jésus-Christ devant Pilate. Plume.

5o — HUET (J.-B.). Pastorale. Sanguine.

5i — ISABEY (Le Père). La Naissance du Roi de Rome. Crayon et gouache.

52 — ISABEY (Attribué à). Portrait d'une Reine. Ep. 1er Empire.

53 — ISABEY (Genre de). Portrait de Femme 1er Empire.

54 — ISABEY. Portrait d'homme non terminé. Crayon noir.

55 — ISABEY (Genre de). Portrait de la duchesse d'Angoulême. Aquarelle.

56 — JACQUE (Ch.). Groupe de trois personnages. Crayon noir.

57 — JACQUE (Ch.). Dans la cave. Encre de Chine.

58 — JOUVENET. Jésus chassant les voleurs du Temple.

59 — JEAURAT (Et.). La Laitière. Deux crayons.

6o — LARUE. Massacre des Innocents.

6i — LARGILLIÈRE (N.). Études de mains. Dessins à la sanguine.

62 — LARGILLIÈRE (N.). Portrait de Mlle Lambert. Croquis sépia.

63 — LARGILLIÈRE (N.). Portrait du roi Louis XIV en costume de cour. Sépia.

64 — LEBRUN (Ch.). Jéroboam sacrifiant aux faux dieux. Gouache.

65 — LEBRUN (Ch.). Bataille d'Alexandre. Sépia.

66 — LECOMTE (Mlle). Vénus endormie. Sanguine.

67 — LÉPICIÉ. Le raccomodeur de panier. Encre de Chine.

68 — LIOTARD. Portrait d'une négresse. Pastel.

69 — LORRAIN (Claude Gellée dit Le). Quatre Marines à la sépia rectos et versos.

70 — LOUTHERBOURG (de). Famille de Bohémiens sur les bords d'une rivière. Sépia.

71 — MARLET. Caricature des rues de Paris. Sépia.

72 — MEULEN (Van der). Louis XIV au siège de Valenciennes. Aquarelle.

73 — MONGIN. Vue d'un parc avec cascade (Parc Monceau). Aquarelle.

74 — MICHEL-ANGE BUONAROTTI. Un œil, une oreille et deux bras sur la même feuille. Plume.

75 — MOREAU (ÉCOLE DE). Le roi Louis XIV armant un Chevalier.

76 — MOREAU (LOUIS). Bateliers embarquant des Châtelains au milieu d'un paysage. Aquarelle.

77 — MURILLO (E.). Sainte Famille. Esquisse sur toile.

78 — PANINI. Vue d'une place ornée de monuments. Plume.

79 — PARMEZAN (LE). L'Adoration des Mages. Beau et important dessin à la sépia.

80 — PARROCEL (J.). Bataille de Rocroy. Très important et beau dessin.

81 — PARROCEL (J.). Deux Portraits militaires équestres. Plume.

82 — PATER. La Séduction.

83 — PEINS (GEORGES). Funérailles. Dessin à la plume.

84 — POLYDORE DE CARAVAGE. Bataille navale. Coll Lely.

85 — PONTORMO. Apothéose de la Vierge. Ex-voto.
Dessin à la plume.

86 — PRUDHON (Genre de). Trois Académies de femmes.
Aux crayons noir et blanc. (Sera divisé.)

87 — PRUDHON (I. I.). Le Marchand de friandises.
Croquis au crayon noir et blanc.

88 — PRUDHON. Fillette emmenant un agneau. Dessin
aux crayons noir et blanc.

89 — REYNOLDS (Genre de J.). Trois peintures et sépia
sous le même cadre.

90 — ROBERT (H.). Projet d'un Arc de triomphe.
Important et beau dessin à la sépia.

91 — ROQUEPLAN. Vue du Caire. Aquarelle.

92 — SAINT-AUBIN (Gabriel de). Les Musiciens. Dessin
à la plume.

93 — SAINT-AUBIN (Gabriel de). Frontispice, Offrande
à l'Amour. Dessin touché d'aquarelle, et Portrait
d'homme les yeux levés sous le même verre. Dessin à
plume.

94 — SICARDI. Tête de femme de trois quarts aux trois
crayons.

95 — Cʜ. VAN LOO ᴇᴛ SICARDI. Deux dessins et portrait de femme, les cheveux tressés. Dessin aux trois crayons.

96 — TASSAERT. Jeune femme souriant au portrait du bien-aimé.

97 — TASSAERT. Petite marchande de poissons.

98 — TRAVIÈS. Deux aquarelles.

99 — TIÉPOLO (Dᴏᴍ). Descente de croix. Sépia hu

100 — TIÉPOLO. Portrait de femme et tête de Christ au verso.

101 — WOUVERMANS. La Chasse au Faucon. Important dessin à la plume.

102 — WATTEAU (Aɴᴛ.). Six têtes, bustes et bras. Dessins à la sanguine et mine de plomb.

103 — WATTEAU. Homme appuyé sur une chaise. Au verso : les Échassiers.

104 — WATTEAU. Trois Seigneurs en manteau de Cour. Sanguine.

105 — WICKEMBOOMS. Pèlerinage. Dessin à la plume.

106 — ÉCOLE FRANÇAISE. Portrait de femme Époque
de Louis XIII. Aquarelle.

107 — ÉCOLE FRANÇAISE. Cinq dessins sous le même
cadre.

108 — ÉCOLE FRANÇAISE. La Soirée aux Tuileries.

TABLEAUX ANCIENS ET MODERNES

BOUCHER (École de)

109 — *Vénus et l'Amour.*

COGNIET (LÉON)

110 — *Le Printemps.*

DEBUCOURT

111 — *Jeune femme en costume d'hiver*

GUIGNET (Genre de)

112 — *Après l'orgie.*

HALS (Attribué à FRANZ)

113 — *Tête de vieille femme.*

HEIM (Attribué à)

114 — *Colbert présentant un décret au roi Louis XIV.*
Esquisse.

LONGHI (École de)

115-116 — *La Consultation.*

La Leçon de clavecin.
Deux pendants.

DE MARNE (Genre de)

117 — *Paysannes dans l'intérieur d'un village.*

MICHEL

118 — *Ciel d'orage.*

MIÉRIS (Attribué à GUILLAUME)

119 — *La Présentation.*

MOLYN (Attribué à PIERRE)

120 — *Torrent au milieu d'un ravin.*

POUSSIN (D'après NICOLAS)

121 — *Deux Peintures de l'Histoire Sainte.*

PRUDHON (École de)

122 — *Jeune femme endormie.*

Étude.

RIGAUD (École de)

123 — *Portrait d'un Président de Cour revêtu du manteau d'hermine et portant la croix de Commandeur du Saint-Esprit.*

SCHALL (Genre de

124 — *Baigneuses près d'une fontaine.*

TOULMOUCHE

125 — *Étude de buste d'une jeune fille blonde.*

WATTEAU (D'après)

126 — *Scène villageoise.*

Au milieu d'un bois, des personnages en riches costumes dansent le menuet, accompagnés par un vielleux assis sur un tertre au premier plan, à droite.

WATTEAU (Genre de)

127 — *Récréation champêtre.*

Une jeune mère en costume de satin est assise sur un banc et joue avec ses enfants au pied d'une statue. Ça et là des personnages.

ÉCOLE FRANÇAISE

128 — *Portrait d'homme.*

ÉCOLE FRANÇAISE

129-130 — *Jeux d'Amours dans l'Ile enchantée.*
Le Triomphe de Vénus.
Deux feuilles d'éventails peints à la gouache. Sera divisé .

ÉCOLE HOLLANDAISE

131 — *La Charité.*

ÉCOLE HOLLANDAISE

132 — *Scène de patinage en Hollande.*

Personnages patinant sur le premier plan. A gauche, des
enfants poussent un traîneau ; plus loin, un paysan conduit
un traîneau attelé d'un cheval blanc et se dirige vers une
chaumière. Dans le fond, à droite, un moulin au bord de la
rive.

Signé J. C. à droite sur un bateau.

Toile.

ÉCOLE VÉNITIENNE

133 — *Vénus Anadyomède d'Appelles.*

ESTAMPES ANCIENNES

134 — BEAUDOIN. La Coquette.
Épreuve en couleurs.

135 — HUET. Saltimbanques au village. Épreuve en couleurs.

136 — JANNIET. L'Aimable Paysanne. Épreuve en couleurs.

137 — LAVREINCE. Qu'en dit l'Abbé. Le Billet doux. Belles épreuves en noir.

138 — LAVREINCE. Le Mercure de France.

139 — LAVREINCE. Le Concert agréable.

140 — ROBERT (H.). Le Jardinier et la Religieuse. Épreuve en couleurs.

141 — ÉCOLE ANGLAISE. Jeux d'enfants. Épreuves en couleurs. Deux pendants.

142 — ÉCOLE ANGLAISE. La Chasse. Épreuve en couleurs.